© 1993, l'école des loisirs, Paris
Loi numéro 49 956 du 16 juillet 1949 sur les publications
destinées à la jeunesse : septembre 1992
Dépôt légal : novembre 1997
Imprimé en France par Aubin Imprimeur à Poitiers

Antoon Krings

Zaza
au supermarché

lutin poche de l'école des loisirs
11, rue de Sèvres, Paris 6^e

« Zaza, arrête de te disputer avec ton frère ! »
« Mais maman, il veut prendre mon lapin ! »

« Viens avec maman faire les courses ! »
« Non, je veux mon lapin ! »
« Boubou, donne-lui son lapin ! »

Et voilà Zaza partie pour le supermarché.
Maman porte le lapin et Zaza le panier.

Au supermarché,
Zaza grimpe dans le chariot
et maman le pousse.
«Vroum, vroum», fait Zaza.

« On va prendre des bananes,
ça fait grandir, les bananes. »
« Maman, tu m'achètes des bonbons ? »

« Maman, tu m'achètes des sucettes ? »
« C'est pas ici, les sucettes, Zaza »,
répond maman fatiguée.

« C'est drôle, il y a plein
de cachettes au supermarché.
Coucou, je suis là ! »

Mais où est passée Zaza ?
« Maman, maman, tu m'achètes ce camion ? »
« Non, Zaza, on n'a pas le temps,
il faut rentrer à la maison. »

Arrivée à la maison, Zaza cherche partout son lapin.
« J'ai perdu mon lapin », crie Zaza en pleurant.

Zaza et sa maman
retournent au supermarché
à la recherche du lapin.

« Il s'est peut-être sauvé,
on l'a peut-être volé ! » dit Zaza.
« Mais non, regarde, il est là,
sur le camion ! »

«Boubou, regarde, on a retrouvé le lapin et, surprise, on a acheté des sucettes!»